季下拾光

黄轶 著

时代出版传媒股份有限公司
安徽文艺出版社

图书在版编目（CIP）数据

季下拾光 / 黄轶著． -- 合肥 ： 安徽文艺出版社，
2025．1． -- ISBN 978-7-5396-8292-1

Ⅰ．Ⅰ227

中国国家版本馆 CIP 数据核字第 20247NM760 号

季下拾光
JI XIA SHI GUANG

出 版 人：姚　巍
责任编辑：秦知逸　　　　　　　封面设计：李　超
....
出版发行：安徽文艺出版社　　www.awpub.com
地　　址：合肥市翡翠路 1118 号　　邮政编码：230071
营 销 部：(0551)63533889
印　　制：永清县晔盛亚胶印有限公司　　(0316)6658662
....
开本：700×1000　1/16　印张：12　字数：105 千字
版次：2025 年 1 月第 1 版
印次：2025 年 1 月第 1 次印刷
定价：69.50 元
....

　　黄轶，合肥人，现定居上海。自小热爱绘画，但考虑这碗饭不容易吃，遂弃艺从文。求学于澳大利亚蒙纳士大学，毕业后选择成为一名光荣的金融民工。高中时突蒙诗词之神感召，开始尝试写诗，至今已有十余年"诗龄"。自认为写诗在精不在多，每有灵感，欣然命笔，灵感未至，也不强求。出版过诗集《青芒集》。

情怀·意趣·诗境（代序）

读神交小友黄轶大作，余"欣于所遇，暂得于己，快然自足"。其父啸声兄邀余写评，忐忑。余对诗词音律，不到"半桶"，不敢妄言票友，只能"吃瓜"。奈何啸声兄"煽动"，遵命捉笔，当作必考题，写点心得体会，取题《情怀·意趣·诗境》，以敬金石。

黄轶出生于1988年12月，才情让余惊诧。盖因当下应试教育盛，主修语数理化外，善音律、通古韵、撰诗词歌赋者寡，余叹喟：神学乎？神巧乎？子建、观光、蒋堂神传乎？

黄轶出身于书香门第，家学渊源深厚，成长环境优渥，学习资源丰富。其祖父黄公其根先生乃大学中文系教授，其父啸声兄亦在大学执鞭掌教，其母朱卿永霞君是位热爱阅读的医务工作者。举家上下，一片书声琅琅。

其作品，无论古体诗词还是现代诗歌，皆用词精准，平仄考究，温婉滋润，蕴含深意。其诗词语言，犹如幅幅画卷，读来令人愉悦。

东坡先生称赞王摩诘云："味摩诘之诗，诗中有画；观摩诘之画，画中有诗。"众亦赞同"诗是无形画，画是有形诗"。

情 怀

散步于黄轶的诗歌作品中，思及《诗经》、楚辞、汉赋、唐诗、宋词等，洋洋大观，盖华夏文明之珠峰也。余不敢拿其作品与之比较，然古今诗人心灵相通处，必是情怀，而其作品亦是情怀满满。

一曰家国情怀。《致国家公祭日》《致南京》发出了"干戈应毋忘，造化有定夺""何以填殇鳙？睨目问吴钩"的呐喊；《南歌子·大司命》写出了"此乡曾遇汨江翁。千古回眸依是，大浪朝东"，以此缅怀爱国诗人屈原。

二曰血脉情怀。血脉情怀，乃人间至爱；血脉关系，血脉传承，是中华文明的组成部分。《祭祖父辞》中，"别太公之仙化兮，余儿孙之无涯哀"；祖父三七祭日，恰逢重阳，写出《乌夜啼》"秋风更卷新愁，怅难休"的思念；《鹧鸪天·悼祖母》惆怅万千，"哀作土，恨归尘，骨销万事反其真"；《悼外婆》哭出了"忍思无限事，历历泪成行"。悠悠悲鸣，切切心声，似在呐喊，似在呼唤，思亲之情，触人心弦，令人怆然。

而其中尊崇爱戴父母之情，也激荡心中，跃然纸上。"普阅世间人，遍识天下事"，儿子心中的父亲，高大伟岸，博古通今；《念慈》中诗人这样描述母子之情："小子远家门，知亲念长存。"儿行千里母心忧，母子亲情，一往而深。

三曰学友情怀。学友情怀，纯良而美好，悠远而宁静。"远山如墨"，勾勒出"长风意气"；江湖闲云处，"酒中休论贫富"；《同学缘一生情》，聚光灯下，"共临碣石"，刹那间，"永存芳华"。同学情深，朋友义气，发自肺腑，见于笔端。

四曰豪放情怀。苏辛王陆，上溯至青莲、子安，豪放气势，一泻千里，那种"五花马，千金裘，呼儿将出换美酒"的豪迈，"风烟望五津"的横阔，"浪淘尽，千古风流人物"的洞达，在黄轶的诗词中已初显端倪：《江城子·端午》中，"莫管诸般烦恼事，良辰景，酒一壶"；《中元节》内，"一箫吹开云万里，暗路前行仗月光"；《忆王孙·秋梦》里，"敢唤姮娥相与俦"。余叹曰：真乃古今同心，古今同情，雾非雾，花非花，亦真亦假，亦实亦虚。夸张中长风意气，豪情满怀。

意　趣

古人云："意趣要乐，气度要宏，言动要谨。"此乃至理。读黄轶的作品，常感意趣横生，妙语连珠，纸吐芬芳。余从中感悟到：

其一，画面感。写诗须捕情捉意，获取审美快感，"趣"从诗里流淌出来，融天地人道，春夏秋冬，季节变换，人文生活，皆可入诗。春游时，"春水多情戏绿腰"；逢夏时，"簟上好听雷"；咏秋时，"浓秋正好，百紫千黄"；颂冬时，"冬始幸春近，待梅一枝观"。妥妥的诗情画意，满满的动感画面。

其二，趣味性。趣味含有对社会生活的描述，体现艺术造诣。趣味是交谊的力量，趣味发动时，传递情感，雅俗共赏，读来亲切。作者的生辰自趣、季节小令、节日贺词、生活感悟中，都有许多玩乐吃喝的描述："诗酒送生涯""对吾共举觞""吴歌陌里唱黄牛""柳荡烟笛画舸横""讨来些酒，再借席云，度尽余欢"……这种意趣，诗融生活，好不快哉。

其三，联想性。诗词如画如歌，于平平仄仄中找音律，抑扬顿挫里找婉转，小桥流水中寻芳华，热烈激荡中找意境，或壮阔，或静谧，或壮怀激烈，或悲天悯人。读黄轶的诗词，可享受诗人笔下的各种联想，陶醉于生风变幻。"攀桂望重霄，有人素袖招"，有雾里佳人中秋折桂的朦胧；"伴之万物歌""花鸟风月在，明朝又长空"，则给人以洒脱之感，让人忘忧。

诗　境

诗的境界不是模仿，不是接收，也不是空中楼阁，而是创为艺术。人与自然结合，每首都自成境界，新鲜有趣。司空图曰："超以象外，得其环中。持之匪强，来之无穷。"一幅画卷，一幕戏景，神魂为之勾摄，若惊若喜。诗亦如此，心境、意境、诗境，概揽其中。

心境是动态的。然写诗时沉浸在自己内心的诗境中，与宇宙的乾端坤倪、人文的憎爱悲喜，近乎绝缘。悠久的历史，流动的人生，一片段，一刹那，成独立小天地而入诗。《浪淘沙·七夕》中，一句"半笺文字半笺愁"，使读者"只作一衫红泪落"，让人想起"空山不见人，但闻人语响"，从微观而扩大，从情趣中领悟前人诗境，变幻的，不变的，微尘中显大千，有限中显无限。

意境是想象的。然意境并不排挤使诗歌产生的直觉。诗的光点来自意象，是"云想衣裳花想容"——不光是想，还有意境中的浪漫。诗人的"新燕俏，野桃娇""窗下方晴集雨露，花眠斜照却梦凉"，使余有风雅桥上过，诗心逐流水的冲动。这种对自然的追索，可谓"拂了还流"。诗境中的画卷，让人流连忘返。

诗境具有技术性。可以说，写诗不仅要有思想，还是个技术活。撰写诗词，情怀意趣必不可少，然又要按音律要求，技术性极强。如书法绘画，既要天赋，又要技术，既要临摹，又要创造；而诗词音律，规矩尤甚，至今无人撼动。当然，西方诗、现代诗不在此列。前人格律诗的技巧已达巅峰，即使自度曲，也已成"范"。作者在这个年龄段，诗词造诣已属凤毛麟角，对五言、七言、长调、小令以及现代诗等，语言驾驭能力已日臻成熟，对诗词音律的操控手法，余自叹弗如。

余私以为，诗词是文学，通心学，无论科技还是现实之力如何突破想象的边界，一颗感通天地、游于万物的心是无可复制的。心性与灵性，既是语言的源起，亦是语言创造的最美果实，更是人以其卑微来对抗虚无的最后手段。故而，我们应成为更内在的人，去追求诗学上永不会终结的理想，借以实现语言的洞明、心灵的自由、诗词的高峰。

路巨平
写于 2023 年春日

目录

词·
夏之辑

古体诗

现代诗

词·春之辑

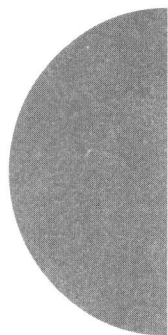

季下拾光

生查子·元宵

灯明满树红，
月映连杯翠。
车马舞鱼龙，
宝盖银铛坠。

夜深玉漏催，
还有梅未睡。
羞探墙外人，
只见香缨穗。

少年游①

冬花又了落春池，
弹指已三期。
青石桥上，
何人望眼？
白发是家慈。

风姿磨尽韶华去，
恩义可曾知？
不孝孩儿，
离思种种，
泪忆少年时。

---

① 填此词时作者正在国外念书，某日思亲之情顿生，遂作此篇。

忆江南（其一）

一夜雨，
春水涨冬池。
园外残月铺古道，
浦中野鸟剪涟漪。
弱柳曳如丝。

别君去，
淡醉蹙愁眉。
今日长亭花正好，
辜负明年再开时。
除我又谁知？

更漏子·元夕

采莲船，

织锦马，

处处弄歌贪耍。

银浆落，

玉壶悬，

流光星汉连。

三两声，

灯火外，

多是檀郎娇艾 [①]。

红棉榭，

绿烟亭，

月荧羞画屏。

[①] 檀郎：西晋美男子潘安的小名为檀奴，后遂用"檀郎"代指夫君或情郎。娇艾：指美貌的少女。

玉楼春·元宵

莫道春风无用处，
吹艳半城花满树。
又催龙舞绕团圞①，
火瀑天悬惊玉兔。

夜深嬉笑还家路，
风径芳蹊星月渡。
归来香炭沸白丸，
走酒飞歌同下箸。

① 团圞：此处指月宫。

忆王孙 · 春雨

哪得消遣度春寒？
昨夜东风醉梦欢。
飞雨殷勤赠梅观。
浸阑干，
碧凝杯中落雪丸^①。

---

① 雪丸：此处指梅花瓣。

捣练子·游春

新燕俏，

野桃娇，

春水多情戏绿腰。

无奈游人不胜醉，

却邀红杏和琴箫。

浣溪沙

月宿梢头人倚栏，
露浓衣瘦惹轻寒。
流波无嗅落花残。

弦里多情将错赋，
枕边少梦使难欢。
须来醉教泪痕干。

柳梢青

苦雨歇香，
乱风休艳，
愁杀花郎。
纵是江南，
柳烟仍在，
何处春芳？

一蓑遍踏山房，
只寻见、云深栈长。
二月无多，
不如更待，
梨雪红棠。

画堂春（其一）

堂前节信寄寒枝，
两三紫燕黄鹂。
东风催柳怎生痴，
说与路人知。

小篆香沉消困，
罗衫轻倚何谁？
春花流水等闲迟，
无计可相随。

忆王孙 ①

墙头昨夜度春风，

柳外桃花十二重。

何日飞英归与同？

莫匆匆，

待到寒食新梦中。

---

① 此词填于2023年清明，表达作者对外婆的哀思。

水龙吟·贺华富基金二十周年

柳舒千里江岸,

登楼极目阳春暖。

夜飞澍雨①,

朝来爽气,

金波叠巘②。

龙凤伏栖,

英雄瓜葛,

华家新馆。

看如今气象,

及思前事,

功名定、风云遁。

---

① 澍(shù)雨:应时的雨水。

② 巘(yǎn):险峻的山峰。

回望八年未远，

叹当初、吾庐贫短。

少合努力，

天偏多困，

等闲意懒。

几度春秋，

重磨飞镜^①，

清光终满。

细看他、本是寒花一树，

怕何香晚。

---

① 飞镜：指月亮。

清平乐·深春

春深几许？
浓翠初结户。
残杏好风同趁处，
落不尽、千年雨。

香渠依旧东流，
青云^①因老将休。
此恨最难消却，
并刀^②怎剪春愁？

---

① 青云：指黑发。
② 并刀：剪刀。

词·夏之辑

江城子·端午

粼波屋外小陂湖，

绕菖蒲，

出蕖芙。

五月初阳，

艾草遍门枢。

亡赖小儿^①多戏闹，

香包佩，

俏阿奴。

谁曾江畔问前途？

旧城都，

落寒乌。

---

① 亡（wú）赖小儿：淘气的小孩。语出辛弃疾《清平乐·村居》："最喜小儿亡赖，溪头卧剥莲蓬。"

万岁千秋，

都与老藤枯。

莫管诸般烦恼事，

良辰景，

酒一壶。

水调歌头 · 端午

菖艾一何碧，
金瓮酿雄黄。
沉泥不盖酒香，
道是去年藏。
只恨贪杯误我，
忽记晚来宴客，
切切入厨房。
却见皆停当，
原有俏厨娘。

月高起，
虫低语，
风轻扬。
炊烟袅袅，

箬叶青粽满庭芳。
同饮河伯山鬼，
共话离骚天问，
对月祭文章。
一日佳节尽，
余味百时长。

鹧鸪天 ①

夜下长安闹宇连，

胡姬衣羽舞翩跹。

大人恩客何堪醉？

酒令灯烛岂有眠？

尘玉枕，

锈金弦，

去年罗帐裹青烟。

此身长恨繁华景，

墙外孤坟少纸钱。

---

① 某年清明，突发奇想作此篇，"长安""胡姬"只是架空幻想，切勿代入历史考据。

罗敷媚·立夏

夜歌年少难觉晓，
春去时更。
春去时更，
柳荡烟笛画舸横。

湖边蛙响连芳草，
夏木繁生。
夏木繁生，
早借清凉赏落英。

如梦令 · 端阳

榴锦才发新蕊，

蒲草早生青翠。

恰是浴兰①时，

三五诵骚②成醉。

迟睡，

迟睡，

莫负月华如水。

---

① 浴兰：古时端午节习俗，人们取佩兰等鲜花草药煮水作"兰汤"沐浴，可防病、治病、祛邪、祛湿。

② 诵骚：诵读《离骚》。

归自谣·祭端阳 ①

风也闹，

莫唱越人千古调。

剑沉何处悲空鞘。

当时兰桨随桂棹。

蝉初叫，

一角新月犹年少。

---

① 春秋时吴王夫差听信太宰伯嚭谗言，称伍子胥阴谋依托齐国反吴，派人送一把宝剑给伍子胥，令其自杀，后裹胥尸沉江。相传端午也是为了纪念伍子胥。

南歌子·大司命 ①

蕙带缠珠绿，

霞衫系佩红。

扶摇苍宇化神通。

忽念往昔谁叹，

君寿无穷。

皎皎今时月，

盘盘旧日松。

此乡曾遇汨江翁 ②。

千古回眸依是，

大浪朝东。

---

① 大司命：古人以大司命为主宰人们生死与寿命长短的神。战国时期楚国诗人屈原创作有《九歌·大司命》。

② 汨江翁：指屈原。

丑奴儿·夏至 ①

蜩鸣居上哀阳少，
夏来风熏。
夏来风熏，
更引池荷动碧云。

芳华依旧一支曲，
颜故樽新。
颜故樽新，
谢此青山三九春。

---

① 此词填于2017年夏至，作者有感于时光的眷顾，虽年岁增长，但的确也无灾无安、平平安安地度过了二十多个年头。

诉衷情 · 入夏

青衫黄柳陌中丹，
夏色已成观。
东风不等亭燕，
更去卷春残。

升素帐，
暖香檀，
倚阑干。
讨来些酒，
再借席云，
度尽余欢。

潇湘神·夏（其一）

云满笺，

云满笺，

微风不动墨痕边。

闲望蜻蛉争俟雨，

半湖光转半湖莲。

潇湘神·夏（其二）

熏风长，

熏风长，

青奴难侍暑中床。

窗下方晴集雨露，

花眠斜照却梦凉。

西江月·苦暑①

好梦枉疏风顾，
炎槛急盼雨声。
晚来何以退残烹？
醒骨真人②求请！

欲斗伏长暑重，
落得汗透衣轻。
苦中胡乱解蝉鸣，
说是今年多病。

---

① 此词填于2022年8月，当年发生了很多事情，夏天更是高温少雨。
② 醒骨真人：指盛暑中的清风。语出宋代陶谷《清异录·天文》：
"清风云：醒骨真人，六月惠然。"

清平乐

池旁亭右，
高树蝉声旧。
欲盼风凉消长昼，
又怕秋来绿瘦。

借席云雨约眠，
青奴①玉扇床前。
欢喜春回二夏，
依稀梦里神仙。

---

① 青奴：夏日取凉的寝具，用青篾编成或用整段竹子做成，又名"竹夫人"。

诉衷情 · 残夏

炎蒸乌迫滚尘埃，
簟上好听雷。
狸奴 ① 不胜蝉噪，
怨某小轩开。

春景色，
夏楼台，
趁心怀。
愿求青山，
胃住金风，
莫教秋来。

---

① 狸奴：猫的别称。

词·秋之辑

季下拾光

浪淘沙 · 七夕 [①]

银汉下平洲，

隔断牵牛。

哪堪入梦倚空楼。

不见故人执手处，

寂寞清秋。

离恨付归舟，

昨日窗头。

半笺文字半笺愁。

只作一衫红泪落，

拂了还流。

① 此词作于2016年七夕。因为今人全当七夕为情人节，作者却认为七夕本只是个小女儿祈求心灵手巧、能获得美好姻缘的单纯日子，况牛郎织女情路坎坷，本是爱情悲剧，遂与主流唱反调，外加当时恰逢友人失恋，倒也十分应景。

鹊桥仙 · 七夕

巷中沽酒，
风间听鹭，
柳下晚来醉卧。
轻歌浓语总相调，
望抬眼、天桥星烁。

何人梦醒，
谁家泪落？
却只叹他人错。
还眸执手欲将言，
我只许今生一诺。

婆罗门引 · 中元夜

月残夜重，

短衣匹马立西风。

长笛又是城东。

细数曾经故事，

门前老梧桐。

念和歌人去，

院谧楼空。

远桥雾浓，

河灯随、水淙淙。

寂寞久湿罗帕，

无处相逢。

断肠此际，

忽怜我、幽幽面君容。

似那岁、芍药刚红。

醉春风·夜行中元

半宿狂风雨，

声没三更鼓。

几多花絮落随风。

数，数，数。

幕隐旧津，

乌遮新馆，

小灯无怙。

老妇身伛偻，

执杖行踽踽。

莫非待霁晚来归。

否，否，否。

七月将望，

路人难觅，

不急回府。

青玉案·盂兰

月沉雾重天难晓，
野渡寂、何堪扰，
孤火只将荒冢绕。
颓墙衰院，
旧池成沼，
风卷魂幡挑。

不归路上人踪杳，
尽处忽闻洞箫缈，
泪餍戚戚容悄悄。
满怀心事，
向谁可表，
怎把前缘了？

满庭芳·贺韩震新婚

小径秋藏，

谧池波荡，

鹊儿梢立门前。

桂枝当馥，

八月广寒天。

窗畔其姝静女 ①，

姮娥 ② 见、应妒妍嫣。

东风里，

桃夭低唱，

一曲意绵绵。

---

① 其姝静女：漂亮、娴静的姑娘。语出《诗经·邶风·静女》："静女其姝,俟我于城隅。"《静女》本就是一首爱情诗，且友人之妻名字中正好有个"静"字，一语双关，浑然天成。

② 姮娥：嫦娥。

翩翩、桥上客，

闻歌立马，

玉树少年。

俯身问行人，

知向何边？

唯愿卿心似我，

今宵好、莫负婵娟。

杯合卺，

柔肠两诉，

只把鬓丝连。

苏幕遮·中秋宴后作此篇

广寒亭，

姮子醉。

夜露羞柔，

月掩连山翠。

墙外寻香湿落蕊，

雾有佳人，

信手折秋桂。

忆别年，

身顾北，

何奈他乡，

寂寞无端累。

却笑今夕得好寐，

呼友交杯，

共赴婵娟会。

千秋岁·中秋

落花时去，
雨打西窗伫。
萍有泪，
蝉无语。
豆灯一寸芯，
斜影怜羁旅。
还不寐，
无端寂寞丝千绪。

明月铺江渚，
故里秋来否？
曾何许，
千杯举。
桂宫金殿内，
共赏嫦娥舞。
今谁在，
天涯处处别难聚。

临江仙

闲步廊外秋水静，
掇得桂子芳身。
红亭煮酒映冰轮^①。
倚琴犹自坐，
金兽香消尘。

东来飞仙邀与共，
一杯弹凤拨云。
十足气味宴嘉宾。
饮酣相别去，
原是月中君。

---

① 冰轮：指满月。

虞美人·秋绪 [1]

细雨梧桐无人扫，

思绪几人晓？

流光皎月叹长空，

离人奈何西望泪随风。

杜宇夜啼声未败，

戚戚谁敢睬？

半秋佳期怎生愁？

空守一地婵影紧薄裘。

---

[1] 此词填于作者在上海念大一时的秋天，为作者平生所填第一首词。作者彼时不甚了解诗词格律规则，故用词、平仄乃至用韵多有不当。本打算弃之不用，未作收录，但作者父亲觉此词意义颇重，言初读时感动不已，文字极具画面感，仿佛亲见校园萧瑟的行道和夜下满怀乡愁的孩子，强烈要求保留此作。故决定不做修改，原文呈现，各位切莫细究。

行香子 · 重阳

日照东墙，

暖露融霜。

收拾罢、携手登冈。

浓秋正好，

百紫千黄。

可煮花茗，

观花趣，

品花香。

天苍地野，

忽患愁殇。

一声叹、却近夕阳。

哂其痴昧，

年少当狂。

告去日远，

是日已，

来日长。

望江南

秋色好，
天地换新颜。
凝碧端庄千波水，
流金妖娆百重山。
引伴且偷闲。

须进酒，
卧听水潺潺。
笑问此身何处是，
莫非极乐洞天间？
沉醉不知还。

乌夜啼

今日爷爷三七，又正好赶上重阳节，看到电视中一对对老夫妻时奶奶伤痛的心情都写在脸上……于是假代她老人家填了这首《乌夜啼》。

秋风更卷新愁，

怅难休。

寂寞黄花孤径、困重楼。

留不住，

终须去，

恨悠悠。

此后海天唯见、片沙鸥。

点绛唇

2004 年我进入高中，至今正好十年。惆怅一下，填首词，祭奠我们回不去的日子。

画罢蛾眉，
送君百里关山路。
问君归数，
莫忘青梅处。

依旧西楼，
妆镜无人顾。
韶华误，
十年梦去，
早作他人妇。

忆王孙·秋梦

白日无端放梦舟,
敢唤姮娥相与俦。
酒淡徘徊不可留。
晚云收,
明月江心好个秋。

忆王孙·中秋

凉席冷簟玉壶冰，
狂雨欺蝉山色暝。
云里姮娥不见形。
倩^①谁听，
一曲离思入鬓青^②。

---

① 倩：同"请"。
② 鬓青：鬓边的青丝。

唐多令·中元有感

一棹放天横，

还梦问几更。

院闲廊静蟋蛄鸣。

阶下池凉开玉镜，

十五夜、细风清。

隔壁忽啼婴，

破云秋月惊。

叹我淹留① 久伶仃。

宜解目连② 施供愿，

向来处、早些行。

---

① 淹留：羁留，长期逗留。

② 目连："摩诃目犍连"的略语，为佛陀释迦牟尼十大弟子之一，被誉为神通第一、行孝第一。佛教中有"目连救母"的故事，传说农历七月十五的盂兰盆节便是由此而设。

菩萨蛮·中秋

玉笛楼上吹云退，
穿林皎月堂前碎。
攀桂望重霄，
有人素袖招。

阙宫迂且郁，
蟾兔夸风物。
今夜罢愁肠，
对吾共举觞。

画堂春（其二）

金风袭鬓扫蛾眉，
水光山影参差。
摇舟尽兴念家迟，
月照江靡。

一眼风流千种，
直教难作新词。
津头两看不言归，
恐怕相思。

词·冬之辑

季下拾光

长相思 · 贺孙静新婚

比目鱼^①，

比目鱼，

春水游纵绣对襦。

着之待阿奴。

桃花庐，

桃花庐，

满树重生并蒂朱。

掇之赠彼姝。

---

① 比目鱼：古时以比目鱼象征恩爱夫妻，意为夫妻像比目鱼一样形影不离。

念奴娇

远山如墨，

谁勾勒、万里纵横烟雨。

凭槛望穿潇水外，

老浪新舟翻舞。

醉下高楼，

白衣仗剑，

笑灭秦须楚①。

长风意气，

少年何惧道阻？

纵是前路非常，

龙吟乍起，

---

① 灭秦须楚：典出"楚虽三户，亡秦必楚"，比喻即使弱小，决心也可以很大。

学仲谋伏虎。

一片壮心皆在此，

掣马天涯来去。

待到明朝，

江湖依旧，

更觅闲云处。

对邀王谢，

酒中休论贫富。

忆江南（其二）

生日看电影《芳华》后所作。

一帘月，
繁景剩寒鸦。
休叹千秋随老树，
切知万岁立新葩。
从未灭芳华。

南乡子·自寿一首

冬月更失花，

满目疏梧寄瘦鸦。

骚兴阑珊无奈处，

还家。

灯火烟暝照影斜。

诗酒送生涯，

度尽人间任岁华。

岂可文章名利著？

堪嗟！

长恨难为浪里沙。

忆王孙·生日夜

半枕金兽半檐钩，
残醉寒衾听雪楼。
无欲明光宫①里留。
不如休，
一棹春风一叶舟。

———————

① 明光宫：汉代宫名，诗词中一般用来泛指宫殿。

南歌子

写于公历二〇一九年最后一日。

不见归人影，
唯闻打叶声。
天公烦问道无晴，
一任愁怀空对、倩谁听？

野草烧难尽，
残灯挑复明。
三十春过旧山青，
何日退吾白发、少年行？

忆江南（其三）

写于公历二〇二一年最后一日。

人将老，
长忆少年游。
万里殷勤寻胜迹，
三秋寂寞访偏陬。
何地可消忧？

寒渡处，
杨柳晓风俦。
几缕新莼觉故梦，
一轮旧月认归舟。
只此可消忧。

减字木兰花 [①]

冬风僝僽 [②]，

绿蚁红泥凉遽透。

不盼春来，

怕见青丘耿复哀。

可怜生死，

尪瘵 [③] 天人犹已矣。

可笑凡夫，

岁岁殷勤作妄图。

[①] 此词填于2022年最后一天，作者往年这一日作的诗词都会写一些对今年的感谢或是对来年的祝福，但外婆的去世以及其他一些事情，使得作者对2022年较为厌恶，所以整首词的基调非常消极。

[②] 僝僽：折磨。

[③] 尪瘵（wāng zhài）：衰病。

鹧鸪天·悼祖母

行路伤怀泣满巾，
徒悲冬草有来春。
去年纸上犹余迹，
今日几前已殁人。

哀作土，
恨归尘，
骨销万事反其真[①]。
愿得泉下双栖复，
两宿依然共后身。

---

　① 反其真：返归到本真的境地。语出《庄子·大宗师》："而已反其
真,而我犹为人猗。"

近体诗

季下拾光

甲辰龙年新年

似有鱼龙夜化鳞，
一吹山色退堆银①。
花郎欢喜青来早，
不待黄莺唤物新。

---

① 堆银：积雪。

立春（其一）

芒儿①踏暖烟，
东来绿水前。
日斜宿新柳，
今始是春眠。

———————————

① 芒儿：春神句芒。

立春（其二）

春山白云烟，
日暖马不前。
结庐待桃李，
煦风催好眠。

立春送瘟神[①]

何堪春气敝，
太皞[②]甩金鞭。
誓送瘟君去，
风雷祭九天。

---

① 写于2020年立春，彼时新冠疫情初起。

② 太皞：即太昊，通常被认为是伏羲氏的化身。太皞在古时候被赋予了"木德"的属性，象征着生长与繁荣，因此被称为司春之神。

惊 蛰

莺啼春草深，
百虫始可寻。
陌上桃不语，
孑孓①听雷音。

---

① 孑孓：独自，孤单。

春　分

酣月^①日夜分，
玄鸟^②归家勤。
青帝舞春袖，
拂之万木欣。

---

① 酣月：农历二月，也称杏月、仲春、仲阳、如月、丽月、花月、仲
月等。

② 玄鸟：此处指燕子。

春分日

仲春日春和，
旅人驻停车。
对燕芳中戏，
伴之万物歌。

夏至（其一）

凯风^①吹南雨，

秦淮烟如缕。

倚楼听蝉鸣，

酒清君自取。

---

① 凯风：和风，也指夏风。

夏至（其二）

伏九苦热人难眠，
菡萏偷笑半生烟。
林蝉自知不二夏，
朝夕学鸣叫芳年。

暑中

游蛉^① 停醍醐，

温风过门枢。

消暑恃何物？

席上弄青奴。

① 游蛉：四处飞的蜻蜓。蛉，此处指蜻蛉，即蜻蜓。

苦夏

暑气易蒸槛^①，
炎毒善烙台。
夕凉不及至，
个个望秋来。

---

① 槛（kǎn）：门槛。

立秋（其一）

落雨没寒蝉，
不知何事终。
青阳^①登音现，
梧桐迎秋风。

---

① 青阳：此处指五方五帝中的白帝少昊，传说掌秋天。

立秋（其二）

且把商风①迎，
初凉是日更。
一叶遮夏色，
半池动秋声。

---

① 商风：西风，秋风。

中元节

中元醮归惊夜凉，
远寺闻音胸胆张。
一箫吹开云万里，
暗路前行仗月光。

己亥中秋

满月应将泻，
危楼或可攀。
从容唯饮者，
酬醉客舟前。
今古同一夜，
江山易往年。
尔曹争造化，
万岁几重烟。

立冬

夜起觉衾寒，
淫雨湿阑干。
冬始幸春近，
待梅一枝观。

冬至（其一）

伤心最是一阳冬，
园内青丘多几重。
何处不闻失魂语？
冢上新柏哀故容。

冬至（其二）

阴老一阳生[①]，
屋外寒枝萌。
待到春来日，
梅香动满城。

---

① 阴老一阳生：《周易》中认为，冬至日时，天地间的阴气达到了极致，之后会向相反的方向转化，阳气发动。在卦象上表现为《复》卦，即五个阴爻加一个阳爻。

小寒（其一）

丑土养天光 [①]，
二阳纳气藏。
寒鹊欲新柳，
先待蜡花香。

---

① 丑土养天光：丑即地支"丑"，对应节气小寒，虽然时值隆冬，但此时阳气回升，开始孕育新生。

小寒（其二）

红亭煮酒映月轮，
金兽小炉香化尘。
夜来风雪何以惧，
我辈岂是蓬蒿人^①。

① 此句直接借用李白《南陵别儿童入京》中的名句："仰天大笑出门去，我辈岂是蓬蒿人。"

生日小诗

一岁青花一岁荣，
又见霜月绕帘栊。
来年诸事莫有取[①]，
愿得优昙[②]绝处逢。

---

① 有取：佛教语，有执着的意思，有执着之后便会产生苦和各种危难。
② 优昙：优昙婆罗花。此花花朵隐藏在花托之中，人眼很难看到。在佛经中，通常用其表达遇佛之难。

生辰自趣

溪坐嗟曲穷，
朱弦笑白翁。
花鸟风月在，
明朝又长空。

致南京

百 年 事 难 休 ，
莫 忘 怨 与 雠 。
何 以 填 殇^① 罅^②？
睨 目 问 吴 钩 。

---

① 殇：国殇，指南京大屠杀。
② 罅（xià）：裂隙。

谢　旧

冬深无景色，
闲坐望天辰。
谢此经年月，
依然照旧人。

拜九华山

赞我威佛土，
莲生化九支。
罡风①吹不动，
三宝②自护持。

---

① 罡风：高天强劲的风。
② 三宝：佛教以佛、法、僧为三宝。

悼外婆

人世冬春易，
幽泉覆土凉。
天年还未奉，
恩慈永两乡。
忍思无限事，
历历泪成行。
怜我空哀恨，
从今剩断肠。

元旦日归乡又别

归人入客筵，
百盏意方颠。
别此庐州月，
羁游更一年。

竹枝词 ①

两岸梅开爱日柔，
吴歌陌里唱黄牛。
何时得把春来醒，
柳浪杨花竞自由。

---

① 作于辛丑年除夕。竹枝词，又名"竹枝曲""竹枝"等，本是古代
巴渝地区的民歌，至唐代，刘禹锡、白居易等人首倡文人竹枝词。

壬寅除夕诗

虎啸梅红赤县州，
东来绿水送青牛。
明朝更唤句芒醒，
催柳铺花夜不休。

癸卯除夕诗

东风春倩^①引浮槎^②，
浪暖冰澌换岁华。
玉兔急催除夜月，
早邀英絮叩人家。

---

① 倩：借。
② 槎：木筏。

古体诗

季下拾光

祭祖父辞

别太公之仙化兮，

余儿孙之无涯哀。

穷碧泉之不与兮，

苦常世之亡良岐[1]。

恨青丘之早首[2]兮，

羡东极之齐神龟。

耘春华而未实兮，

菁满室而遗兰芝。

宫阙嵯峨难复见，

长坂陂陁空荼蘼。[3]

---

[1] 良岐：指良医。

[2] 青丘之早首：化用"狐死首丘"的典故。传说狐狸如果死在外面，一定会把头朝着它的洞穴，表达不忘来处或是思乡之情。

[3] 宫阙嵯峨、长坂陂陁（pōtuó）：宫殿巍峨高大，山坡崎岖不平。语出司马相如《哀秦二世赋》"登陂陁之长阪兮，坌入曾宫之嵯峨"。阪，通"坂"，山坡。

魂归去兮，

绝九天而永睡。

祖父老大人尚飨！

念慈

小子远家门，

知亲念长存。

不求鸿书见，

无言更说恩。

倦鸟恋乡原，

落叶终还根。

一朝得解悟，

归去侍黄昏。

观世音菩萨寿诞作

慈航证悲行，

净土生慧根。

妙法空五蕴[①]，

莲花处处分。

普度三祇[②]劫，

广施六道[③]恩。

众生齐赞叹，

南无自在尊。

---

① 五蕴：色蕴、受蕴、想蕴、行蕴、识蕴。佛教认为世间一切事物都是由五蕴合成的。

② 三祇：三大阿僧祇劫，佛教语。阿僧祇劫谓无数极长之时节。阿僧祇在佛教中是表示时间的概念，相当于10的140次方年。三大阿僧祇劫是菩萨从初发愿做佛到圆满成佛的修行过程。

③ 六道：天道、人道、阿修罗道、畜生道、饿鬼道、地狱道，指凡俗众生因善恶业而流转轮回的六种世界，前三种为三善途，后三种为三恶途。

致国家公祭日

肃杀笼金陵，
青空祭精魂。
干戈应毋忘，
造化有定夺。
君曾问，
前事埋没掩昭昭，
后恨无期几时休？
百骨烦冤旧鬼哭，
七十七载仍啾啾。

2014 马年新春贺词

玉梅未消闻钟响，

青山不语听磬音。

经年繁华且暂去，

螣蛇遁隐归勾陈。

龙马一骑绝尘至，

足踏祥瑞百事新。

愿载福泽千秋岁，

安平喜乐又一春。

2015 乙未年贺词

青帝长空舞春袖，
寒枝随喜拢芬芳。
终年载福功已满，
白驹绝尘九天藏。
童子化羊俟来岁，
角顶乾坤日月光。
普愿众生得持护，
阎浮安平宝雨长。

2016 农历新年贺词

风送蜡花黄，

雪卧梅枝芳。

水鸭晓春近，

浒柳青未央。

似知垂尽岁，

决去化三羊。

仙猿捧美禄，

来比屠苏尝。

2017 新春贺词

旧符两片送岁华，
新曲几支唱桃花。
柳告春风似将近，
水暖不日到人家。
凤鸣一声散朝邪，
五色抖翎立神丫。
猿翁心足藏剑去，
借披辉彩满天霞。

戊戌年贺词

新池化暖绕烟庭，

旧树颂青列玉墀^①。

东风消息先到柳，

来日更吹好花枝。

屠酒焚椒辞昴君，

功犬逢春明岁宜。

晓色不用鸡鸣候，

但闻一哮天下吉。

---

① 玉墀：台阶的美称。

己亥年贺词

杨柳青青小儿红，

春告今年今日终。

舒梅还残数点雪，

困泉已暖一袭风。

盘瓠^①归去隐鸿蒙，

卞庄^②御震舞长空。

天蓬明始催昼夜，

进椒屠酒祝岁功。

---

① 盘瓠：神话传说中为帝喾所养的犬，其毛呈五彩。

② 卞庄：春秋时鲁国大夫，后道教以其为天蓬化身。作者此处混用了《西游记》中猪八戒的天蓬元帅身份。

庚子年贺词

鸭鸣水暖不觉寒，
又知岁尽垂春关。
东风颂青舒柳色，
喜雨泽瑞洒人间。
桃花符酒待新妍，
卞庄功退归昊天。
虚日不虚奉吉愿，
昌鼠多昌佑丰年。

父亲生日祝词

少得驾龙舆，

生来跨虎骑。

龙虎一相逢，

知父生辰至。

普阅世间人，

遍识天下事。

善言谈，能文字。

进退有度教人服，

结朋四海重情义。

但愿颐斋寿金石，

自此天命长福瑞。

现代诗

季下拾光

四季之匣 ①

思绪拂过我的面庞，
是清风带它自由飘荡。
多想回到午后的山冈，
再与你追逐那明媚的春光。

晴空一抹红色的身影，
掠过曾经花火绽放的操场。
课桌上铭刻着青春与梦想，
我仿佛又听见窗外那仲夏的蝉响。

枫叶坠在落寞的道旁，
上帝的孩子在独自彷徨。

---

① 此诗为作者高中时写的第一首现代诗。

为我那无知的誓言迷惘，

将它当作秋的回忆留在心房。

雪花在天空中轻扬，

街灯掩映着昏黄。

是谁留下脚印两行，

给我温暖抵御那冬夜彻骨的寒凉。

春天是我童年的幻想，

夏天给我飞翔的翅膀，

秋天有我青涩的宝藏，

冬天伴我成长、使我坚强。

四季的乐章，

倾泻流淌。

串串的音符，

迸发光芒。

怎可忘记这生命的旋律？
将它们收入匣中，
随那时间永远珍藏。

同学缘一生情

——为父亲同学会而作

同学啊，
我们的相会似匆匆流水，
道不尽五湖四海的情谊，
就如同夜中盛放的昙花，
虽是刹那，
却永存芳华。

朋友啊，
你可曾记得：

那秀美新疆，
瓜甜果香，

我们同赴西域，
听驼铃悠扬。

那壮绝徽杭，
天高道险，
我们携手前行，
感商路维艰。

那庄严灵山，
禅深意远，
我们相聚精舍，
品梵音玄妙。

那千古通州，
地灵人杰，
我们共临碣石，

观惊涛拍岸。

大声欢笑，
回味一起走过的风景，
伴着泪水，
不去说总要面对的离别。

佛言，
前世五百次的回眸，
才换得今生的一次擦肩。
那我愿用，
此后无尽的思念，
去换取下一世，
还能记得你的容颜。
相识是缘，
不生，
不灭。

致"她们"

——观电影《二十二》后作

请再让我听一次，
明年的风声；
请多让我看一眼，
明年的花开。
原谅我倔强地活着，
因这世间的美好，
不会重来。

雨露啊，
切勿哭泣；
飞鸟啊，
莫要悲哀。

我梳起儿时的小辫，

哼着歌谣，

与青山永在……

2016 元旦贺词

青松揽明月，

旧年入梦归。

金钟响空山，

新岁伴歌来。

去一年，

时光匆匆，

片片回忆已成河。

又一岁，

希望蔓蔓，

些些期盼待润色。

诸位，2016年愿你们幸福顺意、平安喜乐！

后　记

　　似乎现在很少有年轻人会发乎自身意愿地去读诗、学诗，更遑论写诗了吧。有人称作诗是寂寞之道，确实如此，因为诗就其本质而言，绝无一点现实功利可图。在追求功名利禄的人看来，诗还有什么好写的？李白说："吟诗作赋北窗里，万言不直一杯水。"我很是赞同。后来更是深深地意识到，诗人的心灵必须是纯洁的（至少在写诗的时候），甚至应当是纯粹的：只有纯粹的心，才能如明镜照影，察微末之情；只有纯粹的心，才能辨是非正邪，申正直之言；只有纯粹的心，才能常平静亲和，生无私之爱。如果没有这些，那还写什么诗？还做什么诗人？

　　有人问我是怎么走上诗歌写作这条路的，其实要归结于某一具体原因的话，我还真举不出来，只能强说是因缘际会又或是冥冥之中。但可以肯定的一点是，我之所以能坚持爱诗作诗，绝离不开家人的影响。我的爷爷是位教授，研究古典文学的，或许是所谓的家学传承，潜移默化中造就了我的语感和对文字的敏感。这么说多少有些大言不惭，但至少从小看多了他老人家对自己文章、作品认真与执着的那股劲儿，让我对中文以及传统文化的兴趣和敬畏可能比旁人稍微多了那么一点点儿。生在这样的家庭，对我诗意的培养十分有益。更为庆幸的是，对于我写诗这件事，家人们都给予了极大的肯定与鼓励。爷爷自不用说，我父亲也始终支持着我的这份热爱。就我的第一本诗集《青芒集》而言，集诗成册一事，我从未起念，是他一力促成。有一首《虞美人·秋绪》，填词的时候我刚上大一，算是我平生所填的第一首词。彼时真的一窍不通，就照着李煜的"春花秋月何时了"乱作一气，像玩换字游戏，用词、用韵、平仄多有不当，现在看来的确是非常不成熟的作品。选录诗词的时候本打算弃之不用，但我父亲觉得此词意义颇重，说他第一次读到时感动不已，觉得文字极具画面感，仿佛亲见校园萧瑟的行道和夜下满怀乡愁的孩子，因此强烈要求保留此作。他对我诗歌"事业"的支持由此可见一斑。

这些年中可以叙述成诗的事情实在太多，我却从一个大学生变

成了一个整日奔波忙碌的"社畜"。生活像荆棘一样，在穿越者身上留下了太多的痕迹，让我们变得越来越迟钝，有时不禁开始怀疑自己是否还能怀着初心去观察这个世界。每当陈述这种不安和焦虑时，便会有人说我这是幼稚的理想主义，一点儿不求上进，一点儿不脚踏实地，一点儿看不清现实。我不认为理想主义有什么不好，甚至觉得自己很幸运，并且仍然没有停下脚步，虽然这道路已越发难行。理想主义从来没对未来的结果做过任何好的承诺，这并不重要，因为现实主义也没有。当一个能够做梦的人，纵使人生再短，也便不算虚度。这本诗集就是一条线索，串联起昨天的梦幻。也许未来很长时间里，我再写不出令自己满意的作品，但如果还有的话，希望也一定是对生活的讲述，而非编造，是出于真诚的写作，而非违心地堆砌。

　　这本新的诗集，我并未依照原先的写作时间来编排，而是将主体部分——我所作的词分成了"春""夏""秋""冬"四辑，每辑中收录的是与其季节、时令相应的作品，抑或是在当季而作的诗词。除此之外，我又创作有一些近体诗、古体诗和数首新诗，收录于后，各自分别成辑，亦大体上按照四季变化的顺序来排列。至于此集之名《季下拾光》，正是对这编排之法的呼应，希望我的四季皆有光可拾，同时又取个"记下时光"的谐音，一语双关。

最后还要重复一些早已说过的感谢。感谢路巨平伯伯，在百忙中为我的作品写评论，洋洋数千言全是对拙作的谬赞以及对我这后辈的鼓励，我将其置于卷首，作为代序。感谢父亲的同事，他们为了拙作的出版奔走，多有费心。感谢秦知逸编辑为这本诗集所付出的努力，一再容忍了我的拖沓。

此时，窗外有雨如线，这也许是种启示——我把这本集子连同一腔热爱坦诚地献给读者，若需要就让它在你心田停留一时，若不需要就让它像多余的雨水一样流到别处吧。

2024 年 12 月 1 日
写于上海